JULES LÉVY

Ne Varietur

COMÉDIE EN UN ACTE

PARIS. — Ier

P.-V. STOCK, ÉDITEUR

(Ancienne Librairie TRESSE & STOCK)

155, RUE SAINT-HONORÉ, 155

Devant le Théâtre-Français

—

1910

de traduction, de reproduction et d'analyse réservés pour tous les pays,
y compris la Suède et la Norvège.

NE VARIETUR

COMÉDIE EN UN ACTE

Représentée pour la première fois à Paris au *Concert-Parisien*, par MM. Max Dearly, P. Bressol et Mlle Gonzalès.

Reprise dans les salons par les artistes de la *Comédie-Française*, MM. Ravet, Numa et Mlle Robinne.

Pièce en un acte à TROIS personnages faciles à jouer en société.

FORMAT IN-18

JULES LÉVY

Ne Varietur

COMÉDIE EN UN ACTE

PARIS. — Ier

P.-V. STOCK, ÉDITEUR

(Ancienne Librairie TRESSE & STOCK)

155, RUE SAINT-HONORÉ, 155

Devant le Théâtre-Français

1910

PERSONNAGES

LOUIS DE LA HERSE, 12 ans.... MM. MAX DEARLY. MM. RAVET.
GUY DE VAUPRENEUSE, 33 ans ..　P. BRESSOL.　NUMA.

THÉRÈSE DE LA HERSE, 24 ans. Mlle GONZALÈS.　Mlle ROBINNE.

A Paris, de nos jours.

NE VARIETUR

Une garçonnière très élégante chez Guy. — A gauche, au premier plan, porte conduisant au cabinet de toilette ; au second plan : porte conduisant à la chambre à coucher. Au fond, entre des meubles : cheminée surmontée d'une glace. A droite, au second plan : porte d'entrée dissimulée derrière une portière. Au premier plan : un secrétaire avec tout ce qu'il faut pour écrire. Sur un meuble du fond ; plateau avec carafons de liqueurs et petits verres. Au premier plan de gauche : large bergère (ou tête-à-tête ad libitum,) chaise à côté; à droite : petit meuble rognon si possible ; chaise à côté du meuble ; chaise au petit secrétaire.

SCÈNE PREMIÈRE

THÉRÈSE, GUY.

Au lever du rideau, Thérèse et Guy sont assis dans le tête-à-tête. Thérèse en un très élégant déshabillé. Guy, dans un petit « chez soi » de garçon, a l'allure d'un amoureux satisfait. Court silence pendant lequel ils se regardent très amoureusement.

THÉRÈSE.

Comme ici nous sommes tous deux loin du monde et bien à nous !!...

GUY.

Oui, ma Thérèse bien-aimée. Mais, il y a trois mois, on vous aurait dit qu'un jour il vous arrive-rait d'être mienne, qu'auriez-vous répondu ?... ·

THÉRÈSE.

Je n'aurais pu croire un seul instant qu'un tel bonheur était fait pour moi ; et ce bonheur que j'ai périodiquement trois fois la semaine, le mardi, le jeudi et le samedi, de trois à cinq, me semble si court qu'à peine consommé, il me reste un regret.

GUY.

Qui doit se changer bien vite en espérance, puis-que le surlendemain nous nous isolons à nouveau du reste des humains.

THÉRÈSE.

C'est le samedi surtout que le départ m'est péni-ble, pensez donc, mon Guy, qu'il me faut attendre vingt-quatre heures de plus.

GUY.

Mais aussi, comme le mardi est délicieux! Il faut avouer que l'amour pur, l'amour tel que nous le comprenons et que nous le pratiquons, ô ma douce Thérèse, est véritablement ce qu'il y a de meilleur dans l'existence.

THÉRÈSE.

Sans cet amour, ma vie serait d'une banalité dé-sespérante.

GUY.

Il existe cependant un nuage, précurseur de l'o-rage, qui me gêne diantrement pour convenir que tout est pour le mieux dans le plus tendre et le plus passionné des amours bleus.

THÉRÈSE.

Et quel est ce nuage gris, méchant vilain?

GUY.

Louis!

THÉRÈSE, se lève.

Mon mari?... (Elle sourit.) Ne dites donc pas de
bêtises et soyons raisonnables. Croyez-vous qu'il
me soit possible d'établir un parallèle entre Louis
et vous...

GUY, se lève et vient à elle.

Il est vrai que...

THÉRÈSE, vient s'appuyer sur son épaule.

Vous êtes, vous, l'élu de mon cœur, à vous, je
me suis donnée librement et de toute mon âme;
avant d'arriver jusqu'à moi, M. Louis de la Herse,
mon maître... hein? « mon maître!... » Ce quali-
ficatif est, je crois, suffisant?...

GUY.

Vous avez raison...

THÉRÈSE.

Mon maître, dis-je, a eu recours aux bons offices
de M. le maire du seizième arrondissement...

GUY.

Un monsieur dans le commerce.

THÉRÈSE.

Vous l'avez dit et il y a adjoint la bénédiction
de M. le Curé de Saint-Honoré d'Eylau. Il a fallu
des considérations de famille pour que j'en vienne à
prononcer le « oui » fatal devant l'écharpe et l'étole.
Entre nous deux, rien de tout cela, je vous ai vu

et j'ai senti que vous me preniez toute avec un seul
de vos regards.

GUY, gagne un peu à gauche.

Je ne suis cependant ni un Don Juan, ni un Lo-
velace, mais je suis l'ami de votre mari, ô ma di-
vine Thérèse, et cela me peine...

THÉRÈSE, s'assied à gauche de la table.

Grand enfant! Est-ce notre faute? Nous nous
sommes sentis attirés l'un vers l'autre par une force
irrésistible et rien au monde ne pourra briser notre chaîne de fleurs. Mon mari peut, de son côté,
faire ce que bon lui semblera, que voulez-vous que
cela me fasse? (Elle se lève) C'est toi, mon Guy, toi
seul qui as su trouver le chemin de mon cœur. Tu
n'as pas eu besoin de frapper, la clef était sur la
porte, tu es entré, je t'attendais.

GUY, la fait asseoir sur le canapé.

Tais-toi, tais-toi, ma Thérèse, tu me grises et tu
fais circuler du feu dans mes veines... si tu savais
combien tu m'affoles!... (Il l'embrasse longuement.) Je
voudrais te faire sentir dans ce baiser tout ce que
mon cœur renferme d'amour pour toi et combien
ma cervelle est pleine de ta pensée. Ah! pourquoi
ne t'ai-je pas connue quatre ans plus tôt!!

THÉRÈSE.

C'est la fatalité!!...

GUY.

Nous n'avons plus que le divorce comme unique
ressource.

THÉRÈSE.

Cette ressource, je la bénis à l'avance, je la
souhaite, je la désire, je la veux!... Si mon mari

avait une maîtresse ou si je lui connaissais la moindre liaison avouée, j'aurais vite fait naître un incident qui déterminerait une crise. (Se lève et gagne audessus de la table.) Mais il est d'une fidélité désespérante et son amour pour moi a des proportions gigantesques. Oh ! s'il me trompait, comme j'aurais vite fait d'arranger les choses!!... (Tout en causant, elle va près de la petite table et, machinalement, prend le volume qui s'y trouve. Elle en lit le titre.) « Victor Hugo, « œuvres complètes... *Editio ne varietur* » — L'éducation des jeunes filles a fait de grands progrès, cependant, au lycée, on a totalement négligé l'étude du latin, que veut dire ce« *Ne Varietur* », mon Guy ?...

GUY.

Cela veut dire tout simplement : « Qui ne peut être changé »... autrement dit : Edition définitive.

THÉRÈSE, songeuse.

Ah !

GUY.

Oui.

THÉRÈSE.

Et l'on peut mettre n'importe quel substantif devant ce « *ne varietur* », sans en changer le sens ?

GUY, se lève.

Certainement !

THÉRÈSE.

Alors, comment dis-tu amour dans la langue des dieux ?

GUY, se lève.

Amour ?

THÉRÈSE.

Oui.

GUY.

Amor.

THÉRÈSE.

Amor. (Elle s'installe près du petit secrétaire de droite, prend une feuille et dit en écrivant :) « *Amor ne varietur* ». Et je signe. Guy, veux-tu faire de même ?...

GUY, qui a pris le papier, passe au secrétaire.

« *Amor ne varietur.* Thérèse »... Oh ! ma Thérèse, ma femme ! Tiens !...

Il signe et vient le lui redonner.

THÉRÈSE, qui a pris la feuille de papier.

Et ce pacte ne me quittera plus, c'est pour nous deux jusqu'à la fin !...

Elle l'enlace et l'embrasse.

GUY.

Qu'ai-je donc pu faire pour mériter un tel bonheur ?... (On entend le timbre de l'entrée.) Qui peut venir nous troubler à pareille heure ? Je n'y suis pour personne. Jean a des ordres, il ne laissera pas pénétrer jusqu'ici.

THÉRÈSE, qui a écouté.

Mais, c'est la voix de Louis !

GUY.

Louis, ton mari, ici, nous sommes perdus !...

THÉRÈSE.

Non, mon Guy, non, je vais me réfugier dans le cabinet de toilette et je ne ferai pas de bruit, il ne m'y viendra pas chercher. Mais sache bien, ô mon amour, que je n'aime que toi, que je ne suis qu'à toi et que je t'adore !...

Du bout des doigts, sur le seuil du cabinet de toilette elle lui envoie un baiser, puis disparaît.

SCÈNE II

GUY, puis LOUIS.

GUY, un peu à gauche.

Voyons, voyons, ne faisons pas de gaffes, le moment est solennel ; rien ici ne peut révéler la présence de Thérèse ?... (Il remonte au-dessus de la table et examine de tous côtés.) Non, rien, et j'aurai vite fait de l'expédier. Mais pourquoi diable vient-il ici ? Saurait-il quelque chose ?...

Louis entre en pleurant. Il a son mouchoir sur les yeux.
Il serre la main de Guy, puis se laisse tomber sur le fauteuil que lui présente Guy.

LOUIS, dans un ruisseau de larmes.

Ah ! mon ami ! mon ami !...

GUY.

Qu'as-tu et qui peut te mettre dans un état pareil ?

LOUIS.

Ah ! mon ami, mon ami !...

Il ne peut contenir ses pleurs.

GUY.

Est-il arrivé un malheur chez toi ?... Ta femme...

LOUIS.

Oh ! je t'en supplie, ne me parle pas d'elle...

GUY.

Mais enfin, explique-toi ?...

LOUIS.

Je suis le plus malheureux des hommes !... Thérèse me trompe !!...

GUY.

C'est impossible !

LOUIS.

Cela est, pourtant !

GUY.

Tu as des preuves?

LOUIS.

Non...

GUY, dans un soupir de contentement.

Ah !...

LOUIS.

Mais des présomptions qui ne me laissent aucun doute.

GUY.

Mon pauvre ami, je te plains.

LOUIS.

Il faut que tu saches tout, mais, tu sais, c'est plus fort que moi. Le coup a été si rude... Laisse-moi me remettre.

GUY.

Veux-tu prendre quelque chose ?

LOUIS.

Volontiers.

GUY.

Un peu de fine ?

LOUIS.

Oui, quelque chose de fort... J'ai besoin de réagir...

GUY, qui a préparé un petit verre, le lui apporte.

Voilà.

LOUIS.

Merci... (Après avoir bu, se parlant à lui-même.) Et je l'aimais comme un fou. je ne pouvais supposer un seul instant qu'elle fut capable de... O ma Thérèse! ma Thérèse!...

Il sanglote.

GUY, le remontant.

Voyons! Voyons! poule mouillée! Soyons homme, que diable!

LOUIS.

Tu as raison, et je vais tout te dire...

GUY.

Je t'écoute.

LOUIS.

D'abord, depuis trois mois, je ne sais ce qu'a ma femme... Elle sort tout l'après-midi...

GUY, inquiet.

Tous les jours?...

LOUIS.

Non, trois fois par semaine.

GUY.

Et... tu ne lui as jamais demandé où elle allait?...

LOUIS.

J'ai en elle la plus grande confiance... ou plutôt : j'avais... car, maintenant, c'est fini!...

GUY.

Et alors?...

LOUIS.

Alors!... Mais il faut que tu saches que depuis trois semaines, Thérèse a une nouvelle femme de chambre, Claudine, une fille du midi, brune, avec des yeux grands comme ça et appétissante au possible...

GUY.

Mazette! tu m'as l'air emballé sur son compte...

LOUIS.

Et tu ne te trompes pas... Ah! sacredié! mon cher, la belle fille!... Depuis quelques jours, je tournais autour d'elle...

GUY.

Canaille!

LOUIS.

Si tu la voyais, tu ne dirais pas cela. C'est une femme superbe, un vrai morceau de roi.

GUY.

Mais enfin, à ton âge!...

LOUIS.

A mon âge! à mon âge! Ne vas-tu pas me traiter de vieux, je n'ai que quarante-deux ans et je t'assure que je m'acquitte assez bien de la tâche que je me confie.

GUY.

Tous mes compliments.

LOUIS.

Or, aujourd'hui, j'étais sorti après le déjeuner; en quittant l'hôtel, j'eus comme une sorte de soupçon et, comme un Othello, j'ai guetté le départ de Thérèse, au coin de l'Avenue d'Eylau. Comme elle

allait à pied. j'ai hésité une seconde... Devais-je la
suivre ou rentrer au logis faire le siège de Claudine ?... J'eus peur de paraître ridicule et puis,
j'avais confiance en la vertu de Thérèse... je me
suis décidé pour la seconde opération.

GUY.

Mais si tu l'avais suivie...

LOUIS.

J'aurais su où elle allait.

GUY.

Naturellement.

LOUIS.

Et comme je ne l'ai pas suivie, je ne le sais pas.

GUY.

Heureusement !

LOUIS.

Tu dis ?

GUY.

Rien !... Je dis : heureusement, parce que je te
connais... Tu aurais pu faire un malheur.

LOUIS.

Sûrement !... Je rentre donc à l'hôtel et je vais
directement à la lingerie... Je savais y rencontrer
Claudine qui vérifiait les dentelles de Thérèse...
Elle me tournait le dos et je voyais sur sa nuque
des petits frisons qui avaient l'air de me dire :
« N'aie donc pas peur, nigaud, on ne te mangera
pas... Viens vite !... tu n'es plus un collégien. » J'é-
coutai les conseils que me donnaient les cheveux
follets et, en marchant sur la pointe des pieds, tout
doucement, sans faire de bruit, j'arrivai jusqu'à

Claudine et je déposai sur sa nuque un baiser qui
la fit tressauter et se retourner comme mue par un
mécanisme. En voyant que c'était moi qui m'étais
permis une telle familiarité, je te donne en cent à
deviner ce qu'elle fit!...

GUY.

Elle t'administra une bonne paire de gifles?

LOUIS.

Pas du tout!... Elle se mit à rire aux éclats... Elle
se tordait littéralement et elle ne pouvait dire que :
« Oh! elle est bonne, celle-là, par exemple, elle est
bonne!... » Elle ne sortait pas de là et elle riait...
elle riait... c'en était indécent!...

GUY.

Tu as profité de ses bonnes dispositions?...

LOUIS.

Tu n'y es pas!... L'hilarité déployée par cette
fille m'avait troublé à ce point que je ne savais plus
du tout où j'en étais, lorsque je l'entendis me dire :
« Ah! non, par exemple, elle est vraiment raide!
Monsieur vient ici me faire la cour et, pendant ce
temps là, Madame, de son côté, est en train de ne
pas s'ennuyer toute seule, mais ce n'est pas avec
Monsieur. »

GUY.

Elle a dit cela?...

LOUIS.

Et comme je la traitais de misérable, de men-
teuse, en la sommant de s'expliquer ; « Oh ! je n'ai
pas à en dire davantage à Monsieur... Que Monsieur cherche... c'est avec un des meilleurs amis
de Monsieur. D'ailleurs, c'est toujours comme cela...

Ça crève les yeux, tout le monde le sait, seul le mari l'ignore. Monsieur ne dépare pas la collection. Cherchez, monsieur, cherchez et vous trouverez. » Puis, elle s'est éclipsée en me laissant tout abasourdi entre les dentelles et la batiste de Thérèse.

GUY.

Mais, c'est infâme, tout simplement !

LOUIS.

Le premier moment de stupeur passé, j'ai eu envie de tout saccager dans la lingerie, mais j'ai réfléchi, ça ne m'aurait avancé à rien... J'ai voulu forcer les tiroirs du secrétaire de ma femme, mon gros bon sens m'a empêché de le faire : Thérèse est trop femme et trop fine pour laisser trainer quoi que ce soit de compromettant. Alors, j'ai songé à toi...

GUY.

Hein ?

LOUIS.

Et me voilà !...

GUY.

Mais, pourquoi es-tu venu ici ?

LOUIS.

Tout simplement parce que je te considère comme un de mes amis les plus sûrs et je viens te demander un conseil...

GUY, à part.

Ouf !...

LOUIS.

Et voilà !...

GUY, machinalement.

Et voilà !...

LOUIS.

Eh bien ?...

GUY, qui sembla réfléchir.

Eh bien, mon cher, tout bien pesé, je ne croirais pas, si j'étais à ta place, un traître mot de ces racontars.

LOUIS.

Saperlipopette! tu en parles bien à ton aise!... Le doute est entré dans mon esprit et, va te faire fiche, il n'en sortira pas !

GUY.

Mais si, Thérèse... pardon, si ta femme est innocente... Car cela peut être...

LOUIS.

Ce serait tant mieux. Mais, je ne pourrai faire sortir de ma satanée caboche le doute, le fâcheux doute...

GUY.

Alors, mon vieux, tu n'as plus qu'une chose à faire et, si tu as confiance en moi?...

LOUIS.

Si j'ai confiance!...

Il lui serre la main.

GUY.

Tu suivras mes conseils à la lettre...

LOUIS.

Je t'écoute.

GUY.

Tu es marié depuis quatre années?...

LOUIS.

Oui.

GUY.

Et tu as eu, au moins, une maîtresse?

LOUIS.

Pas l'ombre d'une.

GUY.

Tu trompes ta femme de temps en temps?...

LOUIS.

Jamais!... J'allais commencer.

GUY.

Vrai?

LOUIS.

Parole !

GUY.

Tant pis! Mais il faut commencer... et tu vas commencer un peu tard...

LOUIS.

Je ne te comprends pas...

GUY.

C'est pourtant simple comme bonjour... Tu as
besoin de t'étourdir pour enlever le doute.

LOUIS.

C'est indiscutable!...

GUY.

Ta femme te trompe ou elle ne te trompe pas...

LOUIS, s'assied sur la chaise devant le secrétaire.

C'est une vérité de La Palice.

GUY.

Prends donc vite : une, deux, dix maîtresses... Si
elle te trompe, ce dont je doute...

LOUIS.

Oh ! Oh !

GUY, vient à lui.

Si elle te trompe, tu seras vengé. Si, au contraire,
elle t'est fidèle, ce dont je suis à peu près certain...

LOUIS.

Tu crois ?

GUY.

J'ai pour principe de toujours croire à la vertu
des femmes et c'est une croyance qu'on ne m'enlè-
vera pas facilement... Dans tous les cas, qui donc
t'accusera de mener l'existence que doit avoir un
homme de ton monde?... N'avoir qu'une maîtresse!... C'est bon pour nous autres, jeunes gens,
mais un homme marié !...

Il va vers le cabinet de toilette.

LOUIS.

Non, vrai, tu ne blagues pas ?...

GUY.

Je suis, le premier, très étonné de ton étonne-
ment. J'avais la conviction que tu faisais le discret
avec moi, mais que tu entretenais, je ne dis pas
une, mais un tas d'intrigues loin du toit conjugal...
Ah ! tu es pot-au-feu à ce point!... Mais, mon pauvre
vieux, tu es tout bonnement ridicule...

LOUIS.

C'est ton avis ?

GUY.

C'est celui d'un sage qui connaît la vie et que ta
naïveté émerveille !...

LOUIS, se lève.

Comme j'ai bien fait de te venir trouver. Je me
sens, à présent, tout ragaillardi... Je ne veux pas
douter de Thérèse et je n'en douterai pas... Je chasserai Claudine, tout simplement... Je la chasserai
dans le Nord, du côté de la rue de Saint-Péters-
bourg. J'y trouverai un petit entresol que je ferai
capitonner dans le goût de ton buen retiro qui semble
bien fait pour y recevoir une maîtresse et, aprés
celle-là, je continuerai la chasse sur un autre gibier... Tu dois connaître les bons endroits?...

GUY.

Vas-tu me prendre comme rabatteur ?...

LOUIS.

Non, mais tu pourras m'accompagner...

GUY.

Je ne suis pas marié, moi... (Parlant du côté du cabinet de toilette.) et je suis fidèle à ma maîtresse.

LOUIS.

Alors, je chasserai tout seul...

GUY.

Il est cependant un gibier qu'il faut négliger...

LOUIS.

Lequel ?

GUY.

Le lapin.

LOUIS.

Oh ! sois tranquille !... Mes moyens me permet-
tent de chasser la grosse bête. Je suis heureux et
je te remercie de tes bons conseils... Me voici tout

à fait d'aplomb, prêt à l'attaque et sans aucun doute dans la cervelle...

GUY.

Alors, mon cher, tu vas me faire le plaisir de quitter la place, tu le vois, je ne me gêne pas avec toi... J'attends la perdrix...

LOUIS, se lève.

Présente-moi...

GUY.

Tu es fou !

LOUIS.

Histoire de m'aguerrir.

GUY.

Ici, la chasse est réservée et je ne t'ai délivré aucun permis... Donc, décampe, de peur d'effrayer le gibier.

LOUIS.

Soit ! Heureux veinard ! Je te laisse à ton idylle, mais tu vas me faire le plaisir de venir dîner demain avec nous... Grâce à toi, je pourrai, ce soir, embrasser Thérèse avec tendresse... Elle ne s'apercevra de rien, mais demain !... O demain ! Je ne te dis que ça !... D'ailleurs, je te tiendrai au courant pour le Nord et les autres points cardinaux... Je me sauve... Viens dîner... je préviendrai ma femme et nous comptons sur toi !... A demain !...

Il lui serre les mains et sort.

SCÈNE III

GUY, puis THÉRÈSE.

Guy reste un moment près de la porte. Il écoute le bruit des
pas de Louis qui s'éloigne.

GUY.

Je viens d'avoir une fière peur et cette pauvre
chérie doit être dans un état!... Mais, tout va pour
le mieux et je crois avoir fait de la bonne besogne...
Nous allons pouvoir être heureux tout à notre
aise...

La porte du cabinet de toilette s'ouvre brusquement. Thérèse a revêtu ses habits de ville. Fiévreusement, elle
va devant la glace pour mettre sa voilette. Guy a l'air
tout stupéfait. Pendant toute cette scène, il veut es-
sayer de parler et ne peut placer un mot.

THÉRÈSE, tout en boutonnant ses gants.

Monsieur, vous êtes un misérable et je ne vous
reverrai de ma vie. Vous vous permettez de donner
de mauvais conseils à mon mari ; vous essayez de
le débaucher, de le détourner de ses devoirs et de
faire de lui un noceur, comme vous, probablement!...
J'ai l'avantage de vous informer que vous n'y arri-
verez pas. Dès aujourd'hui, il n'y aura pas d'épouse
plus dévouée que moi... Mon mari verra qu'il peut
compter sur ma tendresse et que tout ce qu'on a
pu lui dire sur mon compte n'était que médisance,
et pure calomnie, car je l'aime, entendez-vous, je
l'aime et ne veux pas permettre qu'une autre ait
une parcelle de son amour, qui ne doit être qu'à

moi et rien qu'à moi !... Je ne vous reverrai de ma
vie et je vous défends de vous présenter chez nous...
quand je pourrai m'y trouver, tout au moins.
Adieu !...

> Elle sort et referme la porte aussi brusquement qu'elle le
> peut faire.

> Guy reste un instant ahasourdi, puis, il remarque sur le
> tapis un petit carré de papier que Thérèse a laissé tom-
> ber à sa sortie. Il le ramasse, le déplie lentement et
> lit :

GUY, lisant.

« *Amor ne varietur*. Thérèse. — Guy... » — (Il le
déchire.) Allons, il y aura une nouvelle édition...

Rideau.

Imprimerie Générale de Châtillon-sur-Seine. — A. PICHAT.